AF355829

La Légende

De l'Hirondelle

RÉPERTOIRE DE J. TRUFFIER

La Damnation de Polichinelle (E. Blémont).

Le Roitelet (Émile Blémont).

Pindare ! (Fantaisie anonyme).

Le Parti-pris (J. Truffier).

Le Chien du Curé (J. Truffier).

Saint-Nicolas (J. Truffier).

ÉMILE BLÉMONT

La Légende
De l'Hirondelle

PARIS

TRESSE & STOCK

LIBRAIRES-ÉDITEURS

8, 9, 10 & 11, Galerie du Théâtre-Français

1890

A mon ami HENRY CARNOY

E. B.

La Légende

De l'Hirondelle

Jadis, dans un temps très ancien,
Le grand roi Salomon régnait sur tous les êtres.
Si nous en croyons nos ancêtres,
C'était un roi magicien.
Il comprenait tous les langages
Dont se servent les animaux,
Aussi bien les cris, les ramages
Et les sifflements, que les mots.
Or, un jour qu'assisté de chaque créature,
Il tenait, en bon justicier,
Aux bords d'un fleuve nourricier,

Les assises de la Nature,
L'Homme prit la parole et dit :
« — Seigneur, délivrez-moi du Serpent ! Ce bandit
M'attend, caché sous les broussailles,
Et, sans craindre les représailles,
Se repaît de mon sang
Innocent.
— Homme, fit Salomon, il ne m'est pas possible
De supprimer un mal auquel je suis sensible.
Le Serpent fut mon précepteur ;
Pour prix de la science acquise,
Je lui donnai le droit de manger à sa guise
Ce dont il serait amateur.
Pourtant, j'accueille ta requête ;
Mais je dois, en monarque honnête,
Offrir au Serpent un régal
Préférable. ou du moins égal,
A la proie
Qu'avec joie
Il broie.
Donc, voici ma décision !
L'animal le plus minuscule,
Le Cousin, cherchera dans quel être circule
Le sang le plus exquis de la création.
Cet être, quand ce serait l'Homme,
T'appartiendra, Serpent ! Et vous tous, je vous somme

D'être, sans faute, de retour
Ici, dans un an, jour pour jour,
Afin que le Cousin nous dise
Le résultat de l'expertise. »

*
* *

L'an passa. Le Cousin, dégustateur subtil,
Revenait à petits coups d'aile,
Quand il rencontra l'Hirondelle.
« — Bonjour, Hirondelle, dit-il.
— Bonjour, ami Cousin. dit-elle ;
As-tu rempli ta mission ?
— Oui. ma chère, avec passion,
En véritable gastronome !
Eh ! bien, quel est donc sous les cieux
Le sang le plus délicieux ?
— Ma chère, c'est celui de l'Homme.
— Celui de qui ? je n'entends pas ;
Ami Cousin, parle moins bas ! »
En bête assez peu circonspecte,
Car, s'il est piquant, il est sot,
Le Cousin ouvrit, pour parler plus haut,
Un plus large bec. Aussitôt,
Fondant sur lui. prompte et directe.

L'Hirondelle, au milieu d'un mot,
Arracha la langue au méchant insecte.

*
* *

Le Cousin, malgré tout, poursuivit son chemin.
        Il arriva le lendemain
        A l'Assemblée universelle,
        Où Salomon siégeait déjà.
        Mais quand le roi l'interrogea,
        Pas moyen de prouver son zèle !
        Le roi lui dit : « — Fais ton rapport !
        — Ua ! Ua ! Ua ! » fit le pauvre hère.
        Le roi lui dit : « — Parle plus fort,
        Et que ta parole soit claire !
        — Ua ! Ua ! Ua ! » tenta l'autre encor.
        « — Eh ! qu'as-tu donc, petit butor ? »
        Cria le monarque en colère.
L'Hirondelle intervint d'un ton doux et fluet :
        « — Seigneur, ce n'est point de sa faute ;
        Hier nous volions côte-à-côte,
        Quand soudain il devint muet.
Mais par bonheur, là-bas, vers les sources sacrées,
        Avant d'être en ce triste état,
        Il m'avait dit le résultat
        De ses piqûres comparées.
        Puis-je déposer en son nom ?

— Certainement, puisqu'il bredouille !
Répondit le roi Salomon ;
Quel est le meilleur sang d'après ton compagnon ?
— Seigneur, le sang de la Grenouille. »

*
* *

Tout le monde fut étonné.
Le Cousin, comme un forcené,
Se démenait, le cœur plein d'ire.
Mais rien ! il ne pouvait rien dire !
« — Je tiens, dit Salomon, tout ce que je promets ;
Ami Serpent, renonce à l'Homme désormais !
Cette nourriture est mauvaise ;
La Grenouille est un meilleur mets,
Mange la Grenouille à ton aise ! »

*
* *

Le Serpent dût subir son déplorable sort.
Je vous laisse à penser la bile
Que se fit le vilain reptile.
Lorsque, moqueuse et riant fort,
Près de lui passa l'Hirondelle,
Pouf ! il lâcha son grand ressort
Et se précipita sur elle.
Mais l'oiseau, l'ayant deviné,
Vite s'était mis hors d'atteinte
Par un coup d'aile bien donné,
Et déjà, sans effort ni crainte,

Planait dans le vaste ciel bleu,
Tout là-haut, à plus d'une lieue.
Le Serpent n'attrapa que le bout de sa queue,
Au milieu.

*
* *

Voilà pourquoi dame Hirondelle
A la queue en fourche aujourd'hui ;
Loin d'y trouver le moindre ennui,
Elle en est plus vive et plus belle.
L'Homme, sachant ce qu'il lui doit,
Pour elle est plein de gratitude :
Elle a son nid sous notre toit ;
Le bonheur l'y suit, d'habitude.
Ses jolis cris, doux et stridents,
Réveillent partout le printemps.
Est-ce un oiseau-fée, un bon ange ?
Tandis que le rusé Serpent
Ne sait point sortir de sa fange
Et se traîne, rampant, rampant, —
Libre et légère, l'Hirondelle
Vole, vole, dans l'or du jour,
Car elle est l'Amitié fidèle,
La petite sœur de l'Amour.